ある日

木坂涼

思潮社

ある日

木坂涼

思潮社

装画＝著者

ある日

木坂涼

ある日、
スーパーマーケットの前に
「タコ焼き」の出店が出ていた。
「今日は一皿三百円だよ～」とおじさん。
すると
スーパーへ入ろうとしていたおばさんが
「じゃ、いつもは幾らなの？」と聞いた。
「四百円！」おじさんの声には張りがある。
私は思わず足を止め、
「一つ下さい」といった。
すでにサッカーボールを自転車のカゴに乗せた男の子と
その母親が注文していた。
おじさんは「三百円だよ～」を連呼しながら手を動かす。
焼けた順にタコ焼きを皿に取り、ソースを塗り、
鰹節を振りかけて紅しょうがを散らす。

作業がリズムに乗って無駄がない。

そこへ
「タコ焼きちょうだい、タコ抜きで」とおばちゃんの声。

「え〜、タコ抜き?」

私がそう思った次にはこう付け足されていた。

「うちのお爺さん、噛めないからさ」

「あいよ、作るよ!」

おじさんの手は休まない。

自転車の男の子は
ずっとこれらを見ていた。

聞いていた。

こういう風景の中に
子どもがいるっていい。

とってもいい。

ある日、

私は靴屋へ行った。靴がそろそろ古くなってきたので、いまのうちに新しいのを見つけておこうと思ったのだ。気に入った品を求めて二店舗、三店舗と靴屋をまわった。すると、その間にみるみる私の履いている靴はみすぼらしくなっていった。「そろそろ古く……」どころか、こんな靴、恥ずかしくて履いていられない。店頭のシワ一つない新品の靴に目の基準が移っていたのだ。「靴屋へは、古い靴を履いていかないこと」、これはたしか以前にも自分に言い聞かせていたことではなかったか。それなのに、履いていった靴の古さどころか、試し履きするために靴を脱ぐと、靴下に穴があいていた。

ある日、
私は改札を出て傘をひろげた。天気予報通りに降ってきた夕方の雨だった。ちょっと傘を斜めにして見上げると、駅ビルの建物のでっぱりを利用して、ハトが二羽、雨をしのいでいた。駅からアパートへの道には、歩道と車道の間に植え込みがあり、イチョウやポプラの木も点在する。私は木に耳を澄ませながらゆっくり歩いていった。

雨の日は鳥を
みんな木の中にかくす

雨の日がつづく
　木の耳が少しつかれる

以前書いた詩だ。

いつもだったら、やかましいほどに聞こえる日没まぎわの街路樹の鳥たちの声が、まったくしない。聞こえるのは雨の音ばかりだ。ねぐらにあつまる鳥たちの、ちょうどその出端をくじく驟雨だったか。予定通りの雨雲の下、私は私だけのねぐらにかえっていった。

ある日、

私はカメラを買った。使用説明書のページをめくっては、片手に収まるそのカメラの部位をチェックした。ここを押すとズーム。ここを半押しするとピントあわせ。橙色が点灯したら内蔵メモリーに記録中。赤の点灯だったらフラッシュ充電中。人物の顔を適切な明るさのなかに収めるのはこのモード。中央の人物の顔を優先させるのはこの緑の枠。赤目対策はこの表示。手ぶれ警告は緑の点滅……。あれもこれも揺るぎなく対策が講じられていた。私はだんだん息がつまる思いになっていった。

手ぶれにも写されて春の光かな

カメラとは違う自分を、心細く確かめていた。

ある日、
私は句会に出席した。

傘立てに一本分の春の雨

私は雨が好きだ。学生時代、四畳半、台所トイレ共同というアパートに暮らした。傘立てなどない。その後何度も引越しをしたが、濡れた傘はいつも、閉めたドアの内側に立てかけたものだった。いわばそれが私にとっての傘立てだった。傘の雨はその分量を先端に集めて、玄関のコンクリを濡らしていく。アパートと図書館を往復した分の雨、アパートと銭湯の往復分、アパートとスーパー分。どれも独りで過ごした休日の雨――。ところが、句会でこの句について、「男の部屋に女が遊びにきた映像詠だ」と、艶っぽさ、色っぽさで鑑賞する声があがった。人は自分に引き付けて詩歌を受け止める。発言の男性詩人は、年齢を重ねても恋の噂のある人だった。

ある日、

私は絵本を開いていた。これから和訳にとりかかる『ママがおうちにかえってくる』だ。始まりは電話。ママからの「いまから家に帰ります」コールだ。これを合図に家にいるパパは忙しくなる。夕食の準備、赤ちゃんにミルク、お兄ちゃんたちには玩具の片づけを指示。そのころママは地下鉄。下車すれば外は雨だ。こうして、ママの帰宅までと、ママを迎えるまでの家の中を刻々と左右のページで描く。「主夫」なんてひとこともいっていない。ごく自然に、家にいるパパ、外で働くママの家族がここにある。ページ仕立てという絵本の形式が、新しく生かされたと思える一冊。こういう絵本が私は好きだ。

ある日、

私はＮＨＫの教育テレビに出た。中学生の合唱コンクール曲の作詞をしたので、作曲家の先生とご一緒したのだ。数日して見知らぬ男性から手紙が来た。自分も詩を書いていること、文通がしたいこと。私は返事を出さなかった。男性は何通か立て続けに手紙を送ってきた。そして私をなじりだした。「なぜ自分はこんなに手紙を書いているのに、返事をよこさないのか」と。テレビに出るということはこういうこと、と私は思った。

ある日、

私は保育園に電話を入れた。その園には以前にも一度お邪魔したことがある。子どもたちとかくれんぼをしたり、出来たばかりの私の絵本を持参して、読ませてもらったりした。そして今度も、年長さん相手の訪問を、とお願いした。年長組の日程では、十時半ごろ散歩から戻るとのことで、そのあたりの時間帯にお邪魔することになった。「ただ、」と応対した園長先生が言った。「もしかするとお待たせすることになるかも」と。聞けば、葉っぱや木、虫、動物……と子どもたちの関心が道々増殖していけば、時間オーバーは常にあり得るのだと。スケジュールはあくまでも目安であって、そこでは子どもの興味が優先される。私は電話口で少々誇らしい気持ちになった。なぜなら私は、この園の卒園児であったから。

ある日、

私は久しぶりにA氏に会った。A氏は若いころ保父さんだった。いまでも保育の現場の人とときどき会う機会があるらしい。先だって、こんな「園」の話を聞いたという。年間行事を考える職員間のミーティングがあった。園の行事には「季節」が重要な要素だ。秋の「どんぐり拾い」も計画に入れられた。するとその計画には、子どもたちの散歩コースにあらかじめどんぐりを撒いておく、という準備作業も一緒にプログラムされたのだという。ところがその場の誰からも、「どんぐり撒き」に疑問があがらなかったそうな。みんな内心ではどうかと思いつつ、子どものためと、それを不問にしていたのか。子どもの知らないところで、子ども時代が「脚色」されている？

ある日、

私は人通りの賑やかな春のメインストリートを歩いていた。

すると突然、前を行く有名私立大学の付属小学校の制服を着た男子数人が、ぱっと駆け出した。駆け出したあたりにはレストラン。店の入口にはテーブルが置かれ、その上に蠟細工で出来たパスタやサラダが、危なっかしく重なって積まれていた。本来なら、「本日のランチメニュー」として美しく配置されているはずの品々だ。小さな遊びの手が残した、なんという軽みの楽しさだろう。春はさらに春になって、男の子たちのあとを追っていくようだった。

ある日、

買い出しの帰り道で、小学二、三年生かなと思われる男の子に会った。マンション入口の道端で、ひとり遊びをしていた。幼児ではないが、幼児の「なりきり遊び」を思わせるその様子に、気持ちが動いて私はおもわず声をかけた。「なにして遊んでいるの？」　すると男の子は直立して言った。「どちらさまですか」

ある日、

私は生まれた。病院ではなく家でだった。私を取り上げてくれたのは町のベテランのお産婆さんで、隣家のおばあさんが手伝ってくれたという。ちょうどそこに帰ってきた幼稚園児の姉は、庭に咲いていた鬼百合の花を折って、生まれたての私にプレゼントしてくれた。生後二日目、早くもアセモを作った私に（土用の生まれだ）、父は古道具屋から中古の卓上扇風機を見つけてきた。それがわが家にとって初めての家電になった。

ある日、

姉と私は、扇風機の羽の中心に、色エンピツの先をそっと差し入れた。扇風機は全体がうす黄緑色だったが、回転するその中心に紫や橙のエンピツをあてると、ほんのちょっとあてるだけで、一瞬にして色の輪がうまれた。エンピツの色を変えて位置をずらせば、虹色のカラフルな扇風機が出来上がった。両親は共働きで、夕方は私たちの時間だった。

ある日、

私は父といっしょに「七夕祭り」に出かけた。父の勤める学校の「町のお祭り」だった。父と二人の外出などおよそないことだった。「きょうは、おとうさんにひやしちゅうかをおごってもらいました」。夏休みの絵日記には、七色の吹き流しでも、大きなクス玉でもなく、テーブルと水の入ったコップと箸袋。父は極度の偏食家で、外食ということからまるで縁遠い家だった。

ある日、
では決してない夏の日
原爆が落とされた。
私はまだ

生まれていなかった。
父は二十六歳、
母は十三歳だった。

ある日、

私は雨に濡れながら歩いていた。白いブラウス、紺のプリーツスカート。衣替えしたばかりの中学の制服姿だった。校門を出て間もなく降りだした雨は、梅雨のやわらかな細かい雨。空は明るかった。どうせ濡れ始めてしまったのだからと、私は急ぐでもなく歩いていた。すると、背後で車のクラクションが鳴り、振り返ると見覚えのある男性の顔。母の会社の人だった。私は促されて車に乗り、家まで送ってもらった。その人は言った。「あんなふうに濡れて歩くもんじゃない」。いま思うと、その人は私の「どうせ……」を見抜いていたのかもしれなかった。小さな取るに足らないカケラのような「どうせ」。けれど、どこか自分を見限ることに通じかねない世界。その人は働きながら小説を書いていた。いまも書いている。

ある日、

私は家を出た。大学入学と同時に下宿生活をすると言い張って強硬に進めた引越しだった。「下宿させるために大学へやるんじゃない」と父は言った。母は間に入らざるを得なかった。そういうふうにして娘の私は、父を母の向こうへ追いやった。机や椅子を運び込んだ引越しの車に、いざ乗り込もうとすると母が呼び止めた。「これを持って行きなさい」。厚さ十センチはあろうかという「広辞苑」だった。「こんな重いのいいよ。国語辞典持ったよ」と私。それでも母はこれがあればひとまずの助けになると思ったのだ。「広辞苑」はこうして私と一緒に家を出た。その日見送った母の年齢をとうに越えて、いまの私に送り出す子どもはいない。同じようにあの春、下宿した幼馴染みが今年、息子を大学に送り出す。

ある日、

私は恋人と木登りをした。アパート近くの、公園を囲むフェンスを足場に、大きく伸びる椎の木の股へ足をかけた。そして、幹に寝そべるようにして葉群れの中で呼吸した。夏へと膨らんだ繁みの中、見上げるというよりもすっぽりと木の懐に身を置く至福。鳥の心地を自分のものとしながら、それでも私は思っていた。人間はここを遠慮すべきではないかと。

次に公園にいったとき、目に飛び込んできたのはフェンスの張り紙だった。「木に登るべからず」。――遠慮すべし――は、違う方向からやってきていた。

ある日、

私は六畳一間に二畳の台所がついた古いアパートに引越した。長くつきあった男性と別れる決心をして、自分だけで見つけた部屋だった。夜、明かりを消して横になると、天井に光る点々が浮きあがった。その点々は、電気を消すとその余韻で光るシールでできていて、天井いっぱいの天体になっていた。下見に来たときには気づかず、誰が貼ったとも知れないこの夜の星を、私はひとり眺めた。

ある日、

私は風呂無し六畳の、古い木造アパートの二階に住んでいた。涼むためのものといえば、古い卓上扇風機が一台だけ。その日は暑い夜だった。寸足らずのカーテンを下げた窓を全開にして、胸の大きく開いたカットソーとショートパンツ姿の私は、ふと気配のようなものを感じた。はっとして窓に目をやると、何かが目の端に映るか映らないか。そこへ「どん」という物音がし、即座に「だれだ！」と声がした。同じ敷地内の平屋に住む若いお父さんの声だった。誰かが私の部屋を覗いていたのだ。平屋のお父さんが連絡して、お巡りさんがやってきた。お巡りさんは言った、「気をつけるように」。私はすぐに引越した。

ある日、

「あさって夕方からカレーパーティをするから、スプーンを持って参加して」と大学の学食で誘われた。ギターと歌、お酒、そしてカレー。安い一軒家をアトリエ代わりにした貧乏学生の下宿先。深夜になって帰宅する者もいたが、雑魚寝組も少なくなかった。私も板の間で横になった。しばらくしてなのか、すぐになのか、何かが私に起こった。「やばいよ。早く起こしてやれよ」と声が聞こえる。声は聞こえるが、私は自分をどうすることも出来ない。初めての「金縛り」体験だった。その後、同じことが起きたとき、私はアパートの部屋に一人きりで、季節はやっぱり夏だった。

ある日、

「池袋の駅へはどう行ったらいいですか」と訊かれた。「歩きだと十五分くらいかかりますよ」と私は答えた。「歩く」というその人に、三度も四度も五度も曲がる道筋を私は話した。
それが一番分かりやすい行き方だったからだ。

ある日、

「中仙道はどっちですか」と私は訊かれた。中仙道といえば「あっちの方です」。私は腕を大振りにあげ、遠く指差しながら答えた。「そうですか。山手通りは？」「山手通りならここをまっすぐ行くと突き当たります」「あの～、ボーリングもできるスポーツセンターのようなところなんですが」「あ、それならここをまっすぐ行って、突き当たりの大通りを左に折れると右手にスーパーマーケットが見えます。その隣りがスポーツセンターです」。私は帰る道々、最初に訊かれた中仙道のことが気になっていた。

ある日、

ニューヨークのど真ん中で、私はスパニッシュ訛りの英語で道を訊かれた。地下鉄から地上に上がったばかりのところでだった。知人の紹介で知った日本人女性二人と、マンハッタンのアパートで共同生活を始めて二、三日目のことだった。

ニューヨークで、私はチャイニーズでありコリアンでありジャパニーズであり、ニューヨークの人だった。

ある日、

私は台湾で道を訊かれた。台湾旅行二日目のことだった。寺院のそばの道に私は立っていた。道を訊かれたのか店を訊か

れたのか駅を訊かれたのか。なにしろ「分からない」という
しぐさで応対した。

ある日、

私はインドのカルカッタにいた。さっそく絵葉書を買って二、三枚書き、翌日、切手を求めて郵便局へ行った。地元の人たちが日々出入りする場所に、同じ顔つきで足を運ぶ。これが私の旅の楽しみ方といっていい。行ってみると、建物の中はやたら暗く、並んだ窓口にはなんの案内表示もない。それでも、郵便局に来ているというそのことが、すでに目的も用件も伝えているようなものだ。一つの窓口に近づき、絵葉書をひらひら振って「ツゥ・ジャパン」。すると「それならあっちだ」と教えてもらえる。その日、旅の日記を書いてみれば、「切手を買った」以外、これといって特別のことはなく、けれどそれでも充分な気持ちになっていたのは、場所がインドだったからだろうか。

ある日、

私はスペインのマドリードにいた。ユーレイルパスを片手に、ヨーロッパを一人旅していた。夜になって、大通りから一本奥まった路地の中華レストランに入った。大きくはないが、小さくもない。地元の子らしき十代の若い女の子が二人、窓際のテーブルについていた。店の人が奥から出てきた。なんと店主は五十代くらいの日本人女性だった。私の注文を受け奥の調理場へ行き、料理を運んでくるとそのまま私とお喋りを始めた。連れあいを亡くし、今は一人で店を切り盛りしているという。ここへはかつて、作家の堀田善衞がよく来たと言った。私は大学生のときに堀田善衞の自伝的小説『若き日の詩人たちの肖像』を、その後インド旅行のあとで『インドで考えたこと』を読んでいた。そのことを話すと、彼女はとても喜んで、もっと話したそうにした。私も、写真でしか知らない作家の面長の上品な顔立ちと、画家ゴヤ論に取り組んでいたその「滞在先」とが目の前でひとつになって、幻を見るような思いになっていた。そこへ、窓際の女の子たちが料理を追加注文した。店主が調理場に引っ込み、私は食事を続けた。と、そのときだ。女の子たちが席を立ち、店を出ていったのだ。私は訝しみながらも、出てゆく二人に、そして奥の調理場にも、声を掛けられずにいた。「ときどきヤラレルのよ」と店主は言った。言い訳のように私の声が耳の中で木霊する。無銭飲食の確信が持てなかった、旅先だった、なんと言えばよかった?

ある日、

私は台北市立動物園にいた。動物園は動物だけでなく、その国の親子連れ、その国の恋人たちの様子まで拝観できる。その国が人間以外の動物をどう捉えているかも垣間見ることができる。その日、案内図片手に歩いていると、カバがいた。何頭も。カバは体が大きい分、飼育スペースもとる。しかも水場も必要だ。せいぜい二頭の飼育というのが一般的、と思っていたので、それが群れていることに感激。しかもそのことを動物園が特別売りにもしていない在り方に驚いた。見惚れるばかりで、写真を一枚も撮らなかったと気づいたのは、帰りの飛行機の中でだった。

ある日、

私はメンフィス動物園にいた。中国展示ゾーンはパンダのための立派な館だ。ちょうどメスとオスの二頭が笹を食べていたが、食べ方にこんなにも個体差があるとは知らなかった。メスは葉を口に入れて噛んでいる間、次はどの葉にしようかと、それなりに目で探る様子。一方オスは両手にそれぞれ笹の枝を持ち、バッサバッサと顔の前で笹を揺らし、手当たり次第口に運んで雑に食べていく。よって自分の胸の上にも周りにも、取りこぼした葉が散らかり放題という有様だ。そして「アー食ッタ食ッタ」と、見ているこちらが声の吹き替えができるくらいハッキリした態度を示すと、丸い岩のような大きな石を両手いっぱい開いて抱え込むように腹ばいになった。「まさかこのまま眠るの?」とその背に注目していると、ぱかん! 体のわりには小さな尾が持ち上がって、むちむちっと排泄。そしてまた、ぱかん!と尾が下がって蓋をすると、もう微動だにしなくなった。この一連の流れにあっけにとられ、側にいた警備員に尋ねてみると、「彼はいつもこうです」と、笑うような真顔のような顔で言った。猫も犬も飼ってみれば一匹ずつ違う個性を持つことを知る。分かってはいるが、このオスパンダ、大物ではないのか。

ある日、

私はパリ動物園にいた。パンダが一頭野外運動場に出ていて、作りものの木だったのか本物だったのか、なにしろすぐ目の前の木に登ってのんびりしていた。日本の冷暖房完備のパンダ舎、そのガラス越しに見てさえ大喜びだった私にとって、この柵越しの近さと無防備さは、拍子抜けするほどだ。しかも観客は私ひとりで、さっき遠目にパンダの方を眺めて通り過ぎる男性がいただけ。晩秋の、ピリッとした涼気の感じられる平日の午後だった。

ある日、

私はシンガポール動物園にいた。名物になっているナイト・サファリを愉しもうとトラムに乗り込み、夜行性動物のエリアを廻っていた。動物たちは食事中だったり、薄暗がりにシルエットを浮かびあがらせたり、野性の姿そのままとはいかないまでも、夜という時間帯のなかに動物を見ることが出来たのは興味深かった。トラムを降りると徒歩コースを歩いた。

するとき途端にいままでの余裕はどこへやら。前方の見えない動物の存在もだが、何より足元が私をおびえさせた。両脇の繁みから突然、蛇や大蜥蜴が顔を出しはしないか。まばらに立つ外灯の明かりと月明かりにすがる思い。その夜は月のある夜でよかった。大きなホテルが自慢の月餅を売り出している季節だった。

ある日、

私は上野動物園にいた。東京動物協会の発行する雑誌「どうぶつと動物園」に、私は詩を書かせてもらっている。次はどんな動物で書こう。園での赤ちゃん誕生ニュースを聞けば、さっそく訪ねてみたいと思う。成長にしたがい色や模様が変化する動物はすくなくない。また、何より子どもらしいしぐさや表情は、どんな生き物にも共通するとっておきの一瞬だ。目に焼き付けておきたい。その日、私は幸運にも子熊に会わせてもらった。私の手をあまがみする子熊の、なんと無邪気で愛らしいことか。そして子熊は、そのあまがみのあいだ中ずっと、グルグルと猫のように喉をならしていた。小さな小さな喉のエンジン音であり、唄である。本来なら母親とかわす唄のはずだ。私は以前聞いた話を思い出していた。母熊が子熊に歌ってやる唄を、アメリカ先住民の狩人がこっそり聞いて持ち帰り、それを自分の子どもへのおみやげにしたという。動物園で私がその日会ったのは、母熊とはぐれ、保護されたという子熊。あの子熊の喉の世界を、私はまだ詩に書けずにいる。

ある日、

私はニューヨークの町を歩いていた。長期滞在を目指して住処を見つけ、初めて迎えた冬だった。厚手のマフラーを首に巻き、厚手の手袋をはめ、現地で調達したこれまた分厚いコートを着ていた。日本から持っていったものでは薄手すぎたのだ。聞いていた通り、ニューヨークの冬は寒かった。強風が吹くと耳の感覚が失われるほどになる。「昨日は寒かったね、耳が落ちたよ」「私も落としたわ」なんて、凍える寒さを愉快がりもした。けれど、アパートの中は暖かい。建物に設置されたラジエーターが、常に一定の温度に部屋を暖めてくれる。その分、部屋の乾燥が気になる。私はその日、語学スクールを終えると、加湿器を買いに歩き出していた。そこへ、スクール仲間のコリアンのパクが声をかけてきた。「これからどこか行くのか」「加湿器を買いに」と、加湿器の単語「humidifier」を言うとパクはきょとんとした。私だって昨夜までは〝きょとん〟組だった。辞書で引き、しかも忘れるかもしれないとポケットにメモも忍ばせてある。「電気店なら僕も行きたい」と言うので、一緒に行くことになった。目当ての店に着くころ空模様が怪しくなっていた。予報では、天気の崩れはもっと遅い筈ではなかったか。店を後にするときにはすっかり本降りで、しかも風も出ていた。地下鉄の駅まで濡れていくしかない。向かい風の雨の中に飛び出すと、すっとパクが私を制して自分のすぐ後ろを歩くようにと言った。それまで私は男性にこんなふうに言われたことも、してもらったこともなかった。ニューヨークの雨の記憶は、いつでもここで止まる。私はそれから半年後の初夏にニューヨークを出た。日本に戻った私にほどなくパクからカードが届き、私は返事を書いた。けれど、そのカードはだいぶ経ったある日、戻ってきた。「宛先不明」で。二十年も前のことだ。でも、時はゆっくりすすむ。やさしさの時は。

ある日、

私は日の暮れる頃になって髪を切りに行った。秋の長雨で、朝から一日中しとしと降りつづく日だった。平日だし、雨の日は客が少ないと聞いていたので、「今ならきっとすいている」と当てにして出かけたのだ。行ってみると、案の定お客はいない。けれど、いつも髪を切ってくれる人もいなかった。その店はカット専門のチェーン店で、三十代後半の男性が一人で働いていた。出直そうかと思ったが尋ねてみると、いつもの人は辞めたのだと言う。辞めたとあっては出直すわけにもいかない。後釜に入った若い女性に「毛先を揃えるくらい」と、ひかえ目にお願いした。そういえば前回来たとき、独立したいようなことを言っていた。あれはすでに辞める方向にあることを暗に伝えていたのだったか。なにしろ彼は気さくに自分のことを話してくれたものだった。小さい子供を連れた女性と結婚したこと、「カミサンといっつもケンカですよ」なんてことまで。ある日などは、年収まで話の中に盛り込み、家族に内緒で小説の新人賞に応募したことも話してくれた。そのあたりから、私も「実は物書きみたいな仕事をしていて」と口にするようになっていた。後釜の女性は、ここに来る前は「十条店」にいたという。そこはバングラディッシュや中国人のお客さんが多く、頭に巻いたスカーフがほどかれる時のドキドキ感や、ちょっと切るだけなのに一時間も粘る人のことなど、毎日のようにハプニングが起こって、それがいかに大変でまた愉快だったかを話してくれた。秋田から上京しなかったら、こんな経験はできなかったと。私は笑いながら聞いていた。聞きながら、からだ一つ分のイスを変えないまま、それでいて、私は人と人との人生の間にすっぽり収まって、髪を切っているのだなと思った。

ある日、

裏通りにある小物屋さんに入った。いつもの買い出しコースから少し外れたところにあり、ちょっと立ち寄ってから八百屋さんへと思ったのだ。店に入るとチャイムが鳴り、奥からおじさんが出てきた。店の広さは三畳ほどで、ぐるっと見渡せば商品のおおよそは了解できる。私は、申し訳ないけれどもそのまま出ようとした。と、そのときだった。「引き出しの中は見ましたか」と問われたのだ。覗き込むと引き出しには作家オリジナルの風呂敷などが入っていて、それを機に、おじさんの逐一の説明が始まった。そして分かったことは、商品の多くが奥さんと一緒に海外旅行をした際に、その旅先で購入したものらしいということだった。なぜ分かったかといえば、説明が旅の思い出だったからだ。こうなると「こっちのは見ましたか」と続けるおじさんの後をついていくしかない。奥まったところの壁に写真や絵が掛けられてあって、長い棒まで持ち出して指される先を私は見上げる。若かりし頃、建築関係の何かで表彰されたこと、オペラが好きで習っていること、オペラの先生の個人名、経歴、発表会のこと。ウン年前に手術をし、その後思うように体力が戻らないが、いつの日かイタリア語で完璧に歌えるようになりたいという夢まで。私は店に入るとき、「ちょっと見せてください」と挨拶したが、それは「あなたの半生をどうぞ私に語ってください」ということに相当したらしい。切り出しにくい「暇《いとま》」をどうにか告げて店を出ると、明るかったはずの日はとっぷりと暮れ、すっかり夜になっていた。

ある日、

アメリカ人の夫と食堂に入った。外食するとき、注文するのは自分という習性が夫にはあるらしく、それは私にとって楽チンなことだ。ところが、どんなに聞き取りやすい日本語で夫が注文しても、「注文の確認」となると店の人は私にすがる。私に顔を向け、私の顔が縦にふられることを望むのだ。ガイジンが日本語を話す以上に、ガイジンが日本語を話すことに不慣れな日本人に、まだところどころで出会う。

ある日、

わが家のインターホンが鳴った。ドアを開けると、頭にヘアネット、パジャマにガウンを羽織った隣のお婆さんが立っていた。「いつも御免なさいね。申し訳ないんだけど、ふとん叩きを貸してくださらない？　どこか行っちゃったみたいなの。落としちゃったかしら」落としちゃったって、ここはマンション最上階十一階だ。「すみません、うち、ふとん叩きがないんです」「じゃあ、いつもどうしていらっしゃるの」「ベッドをいいことに、万年床のようになってしまっていて……お日様の香ばしさは大好きなんですけど」「でも、何かないかしら叩くもの。何か叩くようなとき、どうなさってるの？」私はとっさに「これなんかで……」と手を伸ばしていた。「これ」とは、数年前、夫が富士登山に行った折、六合目あたりで買ってきた金剛杖だ。登山から戻ったその日のまま、玄関に置いてある。「表口富士宮」と焼印が押してあり、長さは一メートル三十か四十センチ。お婆さんの背丈に近い。「これ?」とお婆さんは言い、「貸してくださる?」と続けた。「どうぞどうぞ」「お返しするときどうしましょう?」まだ昼まえだ。叩くのは午後のことらしい。「これから出かけてしまうので、この傘立てにでも」とドアの外の傘立てを私は指差した。それから、お婆さんの肌が、いつもとても綺麗なので、ひとしきり肌の話をしてドアを閉めた。外出から戻ってみると、杖は傘立ての中にすっくとたっていた。

ある日、「三千円以上お買い求めのお客様に、取っ手が外せる機能的なグリルパンを一つ、プレゼント」というハガキが届いた。カタログショッピングの会社からだった。見ると見本写真のそのグリルパンには調理面に凹凸があり、余分な油がその凹みに落ちるしくみだ。これはいい。前々から欲しいと思っていたシロモノだ。というわけで、すでに送られていた分厚いカタログを引っ張り出し、吟味し、二種類、あわせて三千なにがしの商品を買うことにした。数日して荷物が届いた。「きたきた」と箱をあけてみると、景品のグリルパンしか入っていない。伝票をみると、私が注文した商品は、二点とも「申し訳ありません、売り切れです」だった。売り切れでもグリルパンがこうして届いたのだから、プレゼントはいただいていいのか。いいのだろう。私は迷った。売り切れは会社サイドのことであって、私の落ち度ではないから、プレゼント該当者となるのだろうか。私はグリルパンの箱をあけることにした。あけながら「本当にいいんだよねえ？」と思った。あけると取り外しのきく取っ手が丁寧に別に梱包されてある。その封を破りながら、「いいんだよねえ？　こうして送ってきたんだもの」とまた考えた。ハガキを投函する前に、商品があるかどうか事前に確認することもできたろう。けれどあの日、私はハガキを利用した。私はグリルパンの取り扱い説明書を読み出し、書いてある通りによく洗って火にかけた。火にかけながらも「いいのよねぇ、だって注文伝票も添えた形で届いているんだもの」と思っていた。魚をのせ始めるとちょうどそこに夫が帰ってきた。わけを話すと「いいのかあ？」と尻上がりに言った。「なんかさあ、悪いよねぇ、なんにも買ってないのに」と私も言って、魚をひっくり返していた。

ある日、
棚の上のＦＡＸ機が受動受信を開始した。マンション前の歩道から保護してきたばかりの捨て猫が、目を見開いてその一部始終を見上げていた。紙が止まってまったく動かなくなってからも、しばらくは見詰めていた。猫が以前住んでいた家には、ＦＡＸ機がなかったのだと、私はメモした。

ある日、

私は猫を抱いてあけた窓から雨を見ていた。猫が遊ぶでもなく、食べるでもなく、十一階のマンションの一室で、なにやら手持ち無沙汰にしていたからだ。私は猫に話しかけた。「秋雨前線が停滞しているんだよ」。猫は静かな雨を見ていた。と、その時、ぴょいと猫の耳に雨が降りかかった。パチン。

猫の耳が弾く。ゴムみたいだ。また雨が降りかかった。パチン。弾き返す。それから私は言った。「遊歩道で暮らす猫たちは、お腹をすかせて雨に濡れているかもしれないんだよ」。猫はお説教臭さには敏感だ。さっそく両手をつっぱねて腕の中から床へ下りたがった。そして自分にはやることがあるんです、というふうにして、昼寝に入っていった。

ある日、

私は猫を風呂に入れた。私がシャワーを浴びる、湯舟につかる、その度に、猫が風呂のドアに向かってギャーギャー鳴いたからだ。浴槽の縁に板を渡し、その上に乗せると、やがておとなしく前肢を折りたたむ。近頃では、風呂の温度調整のスイッチを入れると風呂場まで飛んでくる。湯をはり出すとトイレに行ったりして、猫はお風呂タイムの準備に取りかかる。風呂上がりにはブラッシング。猫の誘導によってコースは出来上がっていった。そしてある日、猫は板の上、私は湯舟につかって、ふたりして女風呂を満喫していると、夫が風呂のドア一枚隔てたところにある猫のトイレを掃除しながら、聞こえよがしに言った。「ラー子がオレの部屋に便所の砂をばら撒いている！」猫とふたりして、じーっと黙っていた。

ある日、

マンション裏手のスーパーマーケットに行くと、「長らくのご愛顧、誠に有難うございました」と貼紙がしてあった。二箇所の出入り口、窓、すべてにシャッターが降ろされていた。「○○日をもちまして」という閉店の日付けを見ると、つい数日前ではないか。ここへはごくごくたまに買い物に来ていた。新聞の折込チラシが入って、お一人様一点限りとあるお酢を買いに来た。料理をする元気のないとき、揚げた白身の魚を二枚だけ買ったことがあった。やたらと刺身を食べたい夕方、財布を片手に急いで出かけて来たこともあった。が、いい客ではなかった。常連だったなぞとは決して言えない。それでも貼紙を前にして私は思っていた。「臨終に間に合わなかった」と。なぜもっと早く気づいてやらなかったろう、という思いでいっぱいだった。

ある日、

繁華街の奥の立体駐車場の入口に、スーツ姿の男性が坐っていた。正座だ。車の向きを変えるための、丸い回転する鉄板の真ん中に膝をそろえている。なにか反省を強いられ、仕置きを受けていると思うしかない。そんな姿だった。人通りのある街中の正座は目立つ。そこからちょっと離れた別の駐車場には時々、黒光りする車と、ダブルの背広、黒いワイシャツの人たちが、ぞろりと揃っていることがある。

ある日、

買い物に行く途中の道端に、シバ犬がいた。そこは脇道で、車はあまり通らない。それでも道路と、気持ちばかりの歩道を隔てるためのガードレールがあって、犬はそのガードレールに繋がれていた。その犬は、なにやらそばに置いてある植木鉢を頭で押しているようだ。遠目にそう見えるが、繋がれている紐がからんでしまったのかな、とも思えた。すぐそばまで近づいたちょうどそのとき、犬の頭が植木鉢を押し倒した。鉢には細い支柱が丸く組まれていて、朝顔の蔓がやわらかく巻きついている。犬に声を掛けようとして、私はハッとした。目の見えない犬だったのだ。病気でなのか、年齢のせいなのかはわからない。灰白色の両眼だ。その日は梅雨晴れの気持ちのいい日だった。なので、飼い主が家の外に出してあげたのだろう。急に知らない人に声を掛けられたり、頭をなでられたりしては、驚くかもしれない。私は何も言わず、静かにかたわらを通り過ぎた。

ある日、

最寄り駅へ歩いていると、「よろしかったらどうぞ、差し上げます」という手書きメモの貼られた白いビニール袋が目にとまった。お寿司屋さんの店の前だった。袋を覗くと、ミニ薔薇の鉢が入っている。「あら、いいもの見つけちゃった」と私は思った。思ったが、これから仕事の打ち合わせに向かうところだ。今もらっては荷物になる。かといって用事をすませてからでは、もう無くなっているだろう。「本当にいただいちゃっていいんですか」と確かめようにも寿司屋さんは閉まっている。ビニール袋を前にしてしばらく迷ったが、「やっぱりいただいていこう」と、私は袋に手をかけた。持ってみると案外軽く、焼き物のように見えた鉢は、プラスチック製だった。翌年、そのミニ薔薇に蕾が一つついて咲いた。そしてまた翌年、やはり一つ花が咲いた。調べてみると、ミニ薔薇は「親指姫」というシリーズの一種で、日本生まれの品種とわかった。その鉢がやってきてから、十一階のわが家のベランダは、ひとしれずローズガーデンの仲間入りを果たしたかのようだった。

ある日、

活けてあった花の蕾が開いた。水を換えながら「花って、開きながら大きくなるんだ」と、あらためて気づかされた。咲いてからも成長しつづけるのだと。抜け殻のそばにいるセミを見て、ついさっきまで、この中に入っていたとは思えないと、見較べたことが思い出される。どう見たって脱け殻とセミの大きさは違う。命をもう一段階上へ、先へ膨らませている。花も同じだ。

ある日、
きれいに葉を落とし、枝だけになっている桜の樹を見上げた。
近所の神社の鳥居の角の老樹だ。この樹の下を往き来して十年になる。駅に向かうとき、バス通りに出るとき、図書館へ行くとき、郵便局へ急ぐとき。小学校の六年間、中学での三年、高校の三年……、どの学校の校庭にも桜があった。が、つらなる年月の数字でいえば、この神社の桜がいちばん長い付き合いになる。花の季節、新緑の季節、涼しい木蔭、紅葉。年々の私の感情の網目も、見上げる無数の枝の奥に見え隠れするようだ。

ある日、
私は雪の結晶を見ていた。
十一階のマンションの小窓に
精巧な小さな六角形を見つけたのだ。
雪の結晶は窓に点在し、
張り付いていた。
あれはどんな冬のひと日だったか。
見つけたのは朝だったか昼だったか、
雨から雪に変わった日だったか、
朝から雪の日だったか、

風はどうだったか、
覚えていない。
それでも私は奇跡でも見るように
窓のその美しい形状に見入っていた。
透明なその日の
そこだけが残り
今でも私をにこやかにする。
その力で
結晶が私に張り付いている。

スーパーマーケットの前に	「エデュー」二〇〇九・六月号
私は靴屋へ行った。	「愛虫たち」二〇〇七・四
私は改札を出て傘をひろげた。	「東京新聞」二〇〇八・七・一
私はカメラを買った。	「東京新聞」二〇〇八・三・十四
私は句会に出席した。	「東京新聞」二〇〇八・三・十四
私は絵本を開いていた。	「婦人通信」二〇〇八・五月号
私はＮＨＫの教育テレビに出た。	「愛虫たち」二〇〇七・四
私は保育園に電話を入れた。	「婦人通信」二〇〇八・五月号
私は久しぶりにA氏に会った。	「婦人通信」二〇〇八・五月号
私は人通りの賑やかな春の……	「東京新聞」二〇〇八・三・十四
買い出しの帰り道で、	「愛虫たち」二〇〇七・十
私は生まれた。	「うえの」二〇〇七・八月号
姉と私は、扇風機の羽の中心に、	「うえの」二〇〇七・八月号
私は父といっしょに	「うえの」二〇〇七・八月号
では決してない夏の日	「うえの」二〇〇七・八月号
私は雨に濡れながら歩いていた。	「東京新聞」二〇〇八・七・一
私は家を出た。	「東京新聞」二〇〇八・三・十四
私は恋人と木登りをした。	「東京新聞」二〇〇八・七・一
私は六畳一間に二畳の台所が……	「愛虫たち」二〇〇七・四
私は風呂無し六畳の、	「うえの」二〇〇七・八月号
「あさって夕方からカレーパーティ……	「うえの」二〇〇七・八月号
「池袋の駅へは……	「愛虫たち」二〇〇七・四
「中仙道はどっちですか」	「愛虫たち」二〇〇七・四
ニューヨークのど真ん中で、	「愛虫たち」二〇〇七・四

私は台湾で道を訊かれた。	「愛虫たち」二〇〇七・四
私はインドのカルカッタにいた。	「暮しの手帖」二〇〇九・十二・一月号
私はスペインのマドリードにいた。	「暮しの手帖」二〇〇九・十二・一月号
私は台北市立動物園にいた。	「うえの」二〇〇八・三月号
私はメンフィス動物園にいた。	「うえの」二〇〇八・三月号
私はパリ動物園にいた。	「うえの」二〇〇八・三月号
私はシンガポール動物園にいた。	「うえの」二〇〇八・三月号
私は上野動物園にいた。	「うえの」二〇〇八・三月号
私はニューヨークの町を歩いていた。	「東京新聞」二〇〇九・一・二十一
私は日の暮れる頃になって髪を切りに……	「東京新聞」二〇〇八・十・三
裏通りにある小物屋さんに入った。	「赤旗　日曜版」二〇〇七・十・二十一
アメリカ人の夫と食堂に入った。	「愛虫たち」二〇〇七・四
わが家のインターホンが鳴った。	「愛虫たち」二〇〇七・四
「三千円以上お買い求めのお客様に、	「愛虫たち」二〇〇七・十
棚の上のFAX機が受動受信を開始した。	「愛虫たち」二〇〇七・四
私は猫を抱いてあけた窓から……	「東京新聞」二〇〇八・十・三
私は猫を風呂に入れた。	「愛虫たち」二〇〇七・四
マンション裏手の……	「愛虫たち」二〇〇七・四
繁華街の奥の立体駐車場の入口に、	「愛虫たち」二〇〇七・十
買い物に行く途中の道端に、	「えるふ」二〇〇八・一月号
最寄り駅へ歩いていると、	「えるふ」二〇〇八・一月号
活けてあった花の蕾が開いた。	「えるふ」二〇〇八・一月号
きれいに葉を落とし、	「えるふ」二〇〇八・一月号
私は雪の結晶を見ていた。	「東京新聞」二〇〇九・一・二十一

ある日

著者
木坂 涼

発行者
小田久郎

発行所
株式会社思潮社

〒一六二―〇八四二 東京都新宿区市谷砂土原町三―十五
電話〇三（三二六七）八一五三（営業）・八一四一（編集）
FAX〇三（三二六七）八一四二

印刷・製本
創栄図書印刷株式会社

発行日
二〇一〇年九月三十日